KB276090

한 몸이 될 필요까지는 없어요

이 시집을 부모님과 큰오빠의 영전에 바칩니다.

한 몸이 될 필요까지는 없어요

간드레 시 04

정진남 시집

큰오빠가 죽었다. 대학 때 오빠의 책꽂이에 꽂혀있던 백석 시집 『멧새 소리』를 갖고 싶어 하자, 오빠는 주저 없이 내게 건네주었다. 그때 만약 내가 백석 시집을 갖고 오지 않았다면, 오빠는 백석 같은 시인이 될 수도 있었겠다. 백석만큼이나 잘 생겼던 오빠는 충분히 시인의 기질을 갖고 있었으니까.

오빠는 먹고 사는 일이 중요하지만, 삶의 전부가 아니라는 사실을 육성으로 처음 들려준 사람이었다. 그는 매년 새해 첫날 신춘문예 당선 작품이 발표된 신문을 고향 집 작은 방에서 하루 종일 보는 사람이었다.

대학생이던 오빠가 교생 실습 나왔을 때였다. 시는 더 이상 오빠의 지난한 삶을 일으켜 세우고 지탱해 줄 수 없음을 직감했다. 나에게 오빠는 진주의 남강과 비봉산, 하늘과 땅, 고향 집 앞마당의 꽃 피우고 열매 맺는 배나무와 감나무, 뒷산을 지키는 밤나무였다.

나는 죽을 것 같았지만 죽지는 않았다. 시는 살아 움직이는 생물이라 사람을 죽도록 내버려두지는 않았다. 다시 살게 하였다.

차례

시인의 말

3부

4부

5부

해설 | 김진수(문학평론가)

1부

나무 한 그루의 그림자

책을 읽다가 창밖을 보며 깊이 내려가던 사람은 나무
가 되었다
꽝꽝 언 호수 위를 조심조심 다 건넌 사람은 여우가
되었다
나무와 여우는 같은 그늘을 만들 때 한 몸이 되었다

나무와 여우는 한 몸이 될 때 같은 그늘을 만들지만
한 몸이 될 때가 없고 따라서 같은 그늘을 만들지 못
해야 그 논리가 성립하겠지만
한 몸이 되지 않아도 같은 그늘을 만들 수 있다

공감은 한 몸이 될 필요까지는 없다는 것이다

우산

게스트하우스를 떠날 때 비가 내리기 시작했다
주인은 우산을 챙겨 주었다
왜 이렇게 좋은 우산을, 그냥 비닐우산을 주세요
다 손님들이 두고 간 거예요
비가 오지 않았다면
공중에서
서성이는
떠돌고 있는
이 집 저 집 옮겨 다니는
유령을 만나지 못했을 것이다
생각이 텅 빈 머리로 해맑게 웃고 있는
온몸에 꽂은 바늘이 왕관이라는 듯

베란다에서 선인장을 움켜쥔 아이의 손바닥에 온통
박힌 가시를 핀셋으로 꼼꼼히 빼 주던 젊은 외과의는
간 곳이 없다 왕관을 놓았던 자리에서 솟아오르던 핏
방울을 닦아낸 알코올 솜은 아직도 붉게 젖은 채 창밖
에 걸려 있다

물에 비친 달

꿈을 꾸었다

오랜 꿈과 함께하기 위해
불빛을 얘기했을 때
달이 촛불만 한 자리를 털고 일어나
불빛 속으로 사라졌다
꿈꾸던 사람은 빠져 죽고 그가 의자에 걸쳐 둔 잠바 같은
꿈만 온 바다를 일으키는 물결로 가득하다
얼룩이 보이는 대낮보다 못한 명확하게 어두운 밤이다

열쇠 구멍처럼 떠오른 달을 통해 박차고 나간 것이다
검게 옻칠한 자개농이 밤하늘의 별 무리로 빛나는
컴컴한 방안

안에서는 도저히 열 수 없는 방문을 밖에서 열기 위해

금동 미륵보살 반가 사유상

뼈만 남은 인간은 말이 없다

어쩌다 한마디 할 때는 관절이 꺾이는 소리가 날 뿐
이다

그래서 그의 말을 알아듣는 이는 드물고, 어쩌다 알
아듣는 사람조차 친구가 될 수는 없다 사자의 언어에
가까운 그의 말에 동조하면 곧 사지로 내몰리기 때문
이다 살점이 남아 있는 인간들은 그를 두려워한다 구
할 수 없다 하지만 살아있는 한 그도 구제되어야 하나
살 날이 살아온 날보다 많지 않은 것이 유일한 위안이
다 마음속에 단 한 사람도 들여놓지 못하고 앉아 있다
붉은 눈물 흘리며 들여놓았던 단 한 사람마저 심장을
찢으며 떠나보낸 것이다 연약한 심지도 없는 텅 빈 내
부는 무너질 속이 남아 있지 않다 그래서 개미들이 꼼
꼼히 짚어보면 엷은 웃음을 흘리고 있다

그는 마지막 사람이다 사람들은 마지막으로 그를 찾
는다 사랑의 마지막 삶의 마지막 그는 낭떠러지의 난간
이다 거친 파도를 넘으며 항해에서 돌아온 사람이 그
앞에 서서 먼바다를 바라보며 석양과 일출을 맞이한다

마지막으로

　알만한 이는 다 아는 그의 고향에서 그가 태어난 이
유에 대해서는 여러 설이 있는데 그나마 유력한 설은
이도 저도 아닌 깃이다 그러나 근래에 와서 몹시 수축
해진 뼈만 남은 몰골로 인해 곧 임박해진 죽음으로 보
는 새로운 견해가 무력하게 추가되었다 오늘 아침 잠에
서 깰 때 마음속 깊은 곳에서 들려오는 말, 두루 새김
돼 환조로 앉아 있는 그는 혼자다

봄, 봄

너의 봄은 나의 봄과 다르다

걱정은 걱정한 만큼 걱정거리가 늘어나는 것
최고의 걱정은 걱정하지 않는 것

매화가 피었다는 너의 삼월에 나는 없고
구월이 오면 나는 봄을 맞을 것이다

너에게 매화가 폈다면
그 꽃은
우리 집 앞마당과 다른 향기일 것이다

남겨진 자들의 노래

마사지사는 어깨의 통증을 일으켜 다스렸다

착한 사람은 염한 후의 모습이 가장 예뻤던 얼굴이
된대요

마사지사가 말했다

지병을 앓고 있었는데 흔적이 감쪽같이 사라지고 솜
털 보송한 얼굴로 누워 있던 엄마였다

오늘 등 마사지사는 나의 정신까지 마사지하였다

죽으면 다 편한 모습으로 누워 있는 것 같다고 하니

아닌 사람도 있다며

아들을 두 번 버린 시어머니 욕을 하기 시작했다

한 번은 미성년자 아들을 두고 재혼

또 한 번은 쉰이 다 된 아들을 찾아와 치사량의 돈
먹고 빠짐

마사지가 다 끝날 때까지 나를 마사지해 주며 스스로는

마사지하지 못하는 마사지사를 마사지해 주고 싶었다

생물학적인 어머니란 그 분 그 참 드른년*이네

나는 마사지사의 등을 마사지하고 있었다

*더러운 년

도넛 만드는 사람

동그라미를 그린다 알 수 없는

욕이 되고
칭찬이 되고

시간을 삼키든 뱉든

할 말을 대신하는

욕을 먹든 하든
칭찬 하든 받든

내가 하는 것이 아니라 내가 만드는 동그라미가 하
는 것이다
내 몸이 아니라 나의 빈틈이 받는 것이다

나는 아무것도 아닌 것이다

아브라삭스

낭만주의

너는 나의 전부이고 나는 나의 전부를 네게 줄 거야

구조주의

내가 나의 일부이듯이 너 또한 나의 일부를 차지한다

터널 끝 거울

니나는 한 시간째 같은 페이지를 펴고 있다
그의 눈은 활자에 가 있지 않은 것이다

거울 속에 거울이 거울 속에 거울이 끝없이 열려 있
어서
끝없는 거울 속으로 들어가는 것이다

마트료시카 인형,
러시아를 다녀온 사람이 던진 권총을 거절할 줄 모
르고 받았기 때문이다

열고 열고 열고 열어도 계속 작아지는 몸을 열어야
하는 몸이
생활을 전폐하고

한 사람이 죽어야만 끝나는 게임이 진행되고 있다

스스로 문을 닫아걸고 안으로 안으로 걸어 들어간다

고3 내내

내 몸 안의 나 내 몸 안의 나 내 몸 안의 나
안의 내 몸 안의 내 몸 안의 내 몸은
한자리에 앉아 한 권의 책을 한 장도 넘기지 못하고
거울 밖에서 꼴찌가 되어도 자각하지 못한다

방문

　시간은 흘러왔고 시간은 흘러갈 것이다 붙잡지 않을
것이다

　단 한 번도 같이 춤춘 적 없는 사람이 파트너를 바
꾼다는 노래를 부른다

　상점들이 즐비한 거리를 걸으며 스님이 탁발을 한다
스님은 가게 문을 열고 가게 문을 닫고 가게 문이 열리
고 가게 문이 닫히고

　엄마는 드문드문 주지 않았고 그럴 때 거지는 악담
을 하고 떠났다
　엄마가 외출했을 때 언니는 보리쌀을 한 바가지 퍼
주었고 돌아오신 엄마에게 혼쭐이 났다

　모두 가난한 시절의 이야기

　지하철 입구에 앉아 있는 걸인을 지나쳤다 천 원을

준 날이 있었고 오백 원을 준 날이 있었고 모른 척 지
나쳐 온 날이 있었다 걸인을 마주친 날 끝까지 따라다
녔다 투명인간이 되어

수영장에서 부딪혀 손등이 퉁퉁 부었다 어떤 방문에
나는 대답하지 않아 연고를 바르고 압박붕대를 감고
있는 것인가

페미니즘

강연자가 시를 소개했다
자살하려던 도로시 파커의 시
강연자는 남자 때문에 자살하는 것에 부정적이다
나는 통쾌한 강연이 좋아서 웃었다

남자 때문에 자살이라니
여자 때문이라도
나는 속으로 말한다
자살할 수 있다
단벌옷을 벗어 못에 걸어 두듯이
목숨을 걸어놓고 사랑할 수 있다

사랑을 살릴 수 있다

그러나 만약
내가 여자라면 살릴 남자가 없을 것이다

그러니 너 여자니 남자니 묻지 말고

죽느냐 사느냐 말고 구함도 구해짐도 아닌
서로 구하는 얘기를 말하고 써보자
그렇게 사는 것이다

검게 먹칠이 된 백미러

느닷없이 백미러 없는 차가 내 앞을 가로막고 급정거
했다
"야 ○○은행이 어딨어!"
함부로 미끄러지며 굉음을 냈다
아파트 단지 모퉁이에 자리 잡은 포장마차에서 부풀
어 오르던 튀김 냄새가 엉덩방아를 찧고 뒤로 나자빠
졌다
미친 손가락이 아직 허공에 붙들려 있는데
차창을 반쯤 내리고 늙고 작은 체구의 남자
엎어지면 코 닿을 거리를 엑셀을 강하게 밟고 달렸다
백미러가 시커멓게 먹칠 되어 있었다
자동차의 폭주 소리가 온 동네를 가득 채우는 동안
튀김 장수 아줌마는 냄새 없는 도넛을 연신 튀겨내
고 있었다

2부

새로 생긴 달

시외버스 터미널에서 내린 아버지가 나를 따라오고
있다
나는 잰걸음으로 앞서고 아버지는 멀리서 울고 있을
것이다
소고기 전골이 끓기도 전 아버지의 숟가락은 국물을
뜨고 있다
아버지는 기차역 편의점에서 불고기 백반을 드시며
맛있다고 하신다
내가 차린 식탁에 앉아 인상을 찌푸리며 게미*가 없
다 하신다

아무것도 모르는 아버지
어머니가 돌아가신 것도
내가 아버지를 업지 못하는 것도
아버지가 해 준 금목걸이
대낮에 든 도둑이 훔쳐간 것도
제자리로 돌려놓는다

*씹을수록 고소한 맛, 그 음식에 녹아있는 독특한 맛

출항

뱃속에서 자라는 아이의 건강을 빌며 산달을 채우는
동안
　어떤 아이를 만나더라도 사랑하지 않을 수 없게 되
었을 때
　만날 수 있었듯이

　어떤 물결을 만나더라도 넘실거리지 않을 수 없게 되
었을 때
　항구에 마지막 닻을 내릴 수 없더라도

흰 개

흰 개가 큰길 가에 앉아 있다
어제도 그제도 내일도 모레도
흰 개는 고집불통 내 마음 같다
동네 사람들이 먹이를 줘도 먹지 않고 꼼짝 않는다
이상하게 여긴 동네 사람들이 전문가를 불렀는데
이사 간 주인을 기다리고 있다는 것
수소문하여 연락이 닿은 주인이 흰 개를 데려갔다
미안해하는 주인을 순하게 따라갔다 흰 개는
내 품에 안겨 내 뺨과 이마와 손을 핥는다
따뜻하고 말랑하고 촉촉한 혀는 힘이 세다
내가 부드러운 흰색 털에 얼굴을 부비고 쓰다듬을
때 일기장에 물기가 번져 나온다
꿈의 안팎에서 흰 개가 위험하니 어서 일어나 책상
에 앉으라 끊임없이 기별하던 마음치료사는 동네 사람
들 같나 흰 개를 좋아하는 것이 분명하다 흰 개가 나
와 그를 함께 어루만져 주었으면 좋겠다 흰 개는 꼭 그
럴 수 있을 것이다 하지만 흰 개는 웬만큼 늙은 주인보
다 수명이 길지 않다

유일한 곳

한밤 가로등은 찾는 것이다
자신을 잃고 헤매는 것을
필요로 하는 것이다

한밤 강변 가로등은
가까이 다가가 느린 발걸음으로
오랫동안 주위를 뱅뱅 천천히 맴돌 때
강물은 평화롭고 사랑스럽게 빛난다

가만히 멀어지면
목숨 걸고 아파하며 투정하고 미친다 터진다

어느 날 아침 가로등 부서진 파편이 깔린 거리를 걸
을 때
발자국마다 서걱이며 모래처럼 저절로 부서지던 비
명 소리
강물이 하루 종일 어두운 색으로 출렁이며 흘러간
날은 아팠다

온 마음으로 스스로를 밝히고 있는 강변,

잃어버렸다 별안간 찾게 된 반지처럼 나를 찾을 수
있었던 곳도

닦은 반지를 손에 쥐고 반짝이며 내가

이 세상에서 찾아갈 수 있었던 단 한 곳도

애초에 이 세상 아무 곳에도 없었다

바로 지금 노트를 펼친 식탁 위뿐

겨울 봄 여름 가을

아무도 속을 모르는
나이테 둥근 거울이야

돼지 꼬리 속의 달

달이 고개를 돌려 돌아보고 있다
눈썹이 제일 먼저 보였지만
개인적인 사랑을 쓰지 않으려 고개를 숙이자
운동화가 하늘에 빠져 있다
초승달에 가장 가까이 서 있는 별은 하얀 끈으로 묶여
신이 아이에게 엄마를 보내주어 역할을 분담한 것처럼
받아 적지 않으면
신의 공분公憤을 살 것 같아
노을 쪽으로 걷는다

비인간 하기

일단 혼자서 먼저 강변을 걷고 있어야 한다

강변을 산책할 때 나처럼 혼자 걷는 인간과 시선이
마주칠 때
개망초 물버들 보듯 한다
그들이 어떻게 생각할지 모르겠지만

새와 강물과 강아지풀과 개망초꽃의 목소리에 귀 기
울이고 들을 수 있어야 한다
주변에 아무도 없고
새와 강물과 강아지풀과 개망초꽃만이 남을 때까지

오래도록 혼자 듣고 있어야 한다
이제 지쳐 그만 듣고 싶어져
강변을 떠나올 때
수달과 잉어와 물풀과 물버들이
출렁이며 뛰어오르고
고요하며 찰랑거린다

강물에 젖은 몸으로 강물을 돌아본다
강물이 길을 따라나선다

돌 1

큰고니들이 검은 돌옷을 벗어던지고 일제히 날아오
른다

누가 돌무더기를 거름 소쿠리에 담아 하늘로 뿌려대
는 것이다

의자에 앉다

공방에서 나오면 나는 영혼 없이 밥을 먹고
간식을 먹고 전화를 걸고 받는다
시간은 두부처럼 무르고 한칼에 넘어간다

공방에서 밥을 먹고 간식을 먹고 전화를 걸고 받는
것은 나의 영혼이다
시간은 두부처럼 한칼에 넘어가지 않고 다시 이어져
강물처럼 흐른다

나는 연금술로 강철 의자를 만들고
이 의자를 무조건 믿기만 해도 시간이 부족해
믿고 믿고 믿는 것의 끊임없는 물결이 기르는
작고 큰 물고기들 높은 파도가 부서질 때
나는 바닷속에서 엄마가 되었으니까
나는 항상 공방에 있다고 생각하면 돼

이제 안심이 되니

더 늦기 전에 얼른 공방으로 가자

의자에 앉았는데 한없이 깊은 곳으로
내려간 엉덩이가 풀썩 주저앉은 바닥이다

라퓨타 1

아니 천 개의 기둥으로 이루어진 성이 있다
기둥 천 개만 보이는 성이라고 해야 정확하다

공중의 성 라퓨타
하늘에서 하늘로 둥둥 떠다니며
꽃과 풀과 나무와 새들이 울울창창

우리는 할 수 있는 일만 할 수 있을 뿐
할 수 있는 일들이 만난
천 개의 기둥 위에 아름다운 성 라퓨타

내가 할 수 있는 일은 사랑하는 일
사랑의 기둥만 세우는 일
나를 사랑하는 일은 모두의 일
온전히 사랑의 기둥만 세우는 모두의 일

라퓨타 2

겨울바람이 부드러운 촉감의 원피스를 입고 앞산이
파우더를 바르는 오늘 아침엔 성으로 가고 싶다
문지기에게 전화를 걸면 성문을 활짝 열어놓고 기다
리는 사람의 소식을 들을 수 있으리라
여기까지 오느라 조금 힘이 빠진 나는 라퓨타의 등
기를 서두르며
문패에는 공동명의를 새기자 할 것이다

그런 일은 다른 세상에서 일어나는 일 이것은 고담시
에서 상상하는 일

진짜 건설 노동을 한 것처럼 힘이 빠지고
라퓨타에 다녀온 사람들을 드문드문 느낄 수 있다

이것은 실제가 아니고 가상인데도 마음이 아픈 일

향수

당신은 하얗고 부드러운 젖가슴을 내밀었어요
기억이 납니다
쓴맛을 느껴서 고개를 돌렸지만
당신 친구들의 웃음소리가 들려왔지요

전 엄마의 사생활에 관심이 없어야 해요

마지막 젖을 마저 삼킬 때 이슬이 내려
사과꽃이 손수건에 축축이 피어났어요
사과나무는 무럭무럭 자라있었고
이제 당신이 보지 못하는 눈물을 흘리고
혼자 닦습니다

무지한 스승

카페 담장에 장미가 붉게 피어 있었어요

스승이 왼쪽 귀를 보여주며 한 발 앞에 서서 되짚을
때 달이 겹쳐 있었다

꽃이 다 떨어진 장미에 주목하고 있는 학생들은 달
빛 아래 뒤통수가 보름달을 닮았다

달은 하얀 음성을 한없이 둥글게 만들고
뜨거운 우유가 따뜻해질 때까지 호호 불어 건넸다

종강 모임 마친 학생이 뿔뿔이 흩어질 때
여덟 개의 달이 흘러가고 있었다

다음 학기 개강을 했을 때
달 없는 밤을 걸어 나오며
각자 핸드폰 플래시를 켜 들었다

3부

설빙

우리가 스칠 때

강물 가득 흰 구름은 눈덩이처럼 몸집이 부풀어 녹을 줄 모르고

대기 번호 진동 소리에 팔분음표처럼 뛰어가 설빙 그릇을 받고 두 손은 얼얼하다

마주 앉아 얼음 가루를 떠먹는 두 개의 숟가락 소리가 들리지 않는 여름 하늘의 펭귄들

새들은 그 어떤 형식으로든 지상에 내릴 것이다

눈이나 비 우박이나 서리 이슬이나 안개 그밖의 변수들

새 떼가 온몸에 앉을 수 있도록 나무는

얼굴을 치켜들고 양팔을 활짝 펼쳐든다

새에 흠뻑 젖기 위해 우산을 버려둔다

슬픔의 완성

우물에 빠지려는 아이를 구한다
아이에게 부모가 누구냐 묻지 않는다
옷깃을 스친 아이가 길을 오가는 사람들 속으로 들
어간다 그 아이는
줄곧 꿈속에서 만났다 얼마 전 헤어진 늙은 애인이다

아이가 강물 쪽으로 걸어간다
그 아이는 모르는 아이이다 아 저저
길을 가던 나는 멈춰서서 아이를 바라보다
달려가며 외친다
강둑으로 안아 올리며
다시는 오지 말라고 호통을 치다가
발광하는 아이에 대해서는 경찰을 부른다
꿈속에서 아이를 내리 만나길 여러 해
힘이 다 빠진 나는 오래도록 누워 있다

사랑하지 않아도 사랑한다 말한다

거들떠보지 않는 자동차가 지나가고
사람들이 오가는 거리 한복판 바람에
날리지 않던 머리칼이 물결친다

그들은 작별하지 않는다

이불

시간의 몸 냄새, 시간의 얼굴이 나를 덮는 시간이 있다
시간은 시간을 낳고 시간은 시간을 만들고 시간은 시
간을 덮는다
덮친다 엄습한다
교생 실습을 다녀오고 고생 실습을 하던 오빠의 얼굴
그의 어깨까지 올라온 허물을 걷어내며 덮어주는 시
간의 부재
그가 튤립 공원에서 엷은 미소를 머금고 있는 사진

동글이 검댕 먼지

그때 나는 한동안 먼지의 둥근 얼굴만 바라봤다
사람들은 왜 기를 쓰고 오래 살고 싶어 할까
저 멀리서 보면 먼지일 뿐인데

방바닥 가장자리를 따라 수북이 몰려있는 먼지를 닦
다가
네가 한 말을 문득 떠올리고

없는 슬픔조차 탈탈 털어 끝까지 밀어내고 싶어 하
는 나를
먼지는 견디고 포기하지 못하고 매일매일 쌓이고

출토

천년 만에 싹을 틔운 꽃씨 기사가 났다
경남 함양 산성 발굴지에서 발견된 마른 꽃씨

이 말라깽이 아이는 천년 동안 궁리만으로 인생이
말랐을 것이야
술도 먹지 않았는데 어찌 그런 말을 할 수가 있니

아무리 먹고 마시고 떠들고 울고 웃어도 바람에 날
아가지 않은 건 밝게 잘 지어진 어둠 때문이다

유리 쟁반에 깔린 솜뭉치 위에 기를 쓰고 도달한 까
만 씨앗 한 알

당신이 감추었던 왼손을 내밀어 나는 오른손으로 잡
는다
경첩은 딸깍 소리 내지 않는다
남아 있는 우리의 오른손과 왼손
절반씩 나눠 가진 불투명이 부서지지 않도록 서로

사랑할 수 있을까
　투명과 불투명의 행진으로 돋아나는 꽃의 한살이를
보고 싶다

　툴툴 털고 새싹과 줄기와 잎이 뻗어 오르며 출토되
는 사진 속

　지난 천년으로 돌아가지 않을 것이다

　선명한 초록 핏줄이 타오르는 허공은 불투명하다

헤테로토피아

아이들은 우리 집 벨을 누르고 현관문이 열리는 사
이에 벽을 찬다 우리 집 벽엔 아이들의 발자국이 찍혀
있다 나는 틈만 나면 벽을 닦는다 반질반질 모기가 미
끄러질 때까지 벽이 있어야 말 안 듣는 아이를 밀어붙
일 수 있고 공부방 광고 전단도 붙일 수 있기 때문이다

사이의 세계에는 정황은 있지만 증거가 없다 가령 꿈
에서 발자국의 주인을 봤지만 오늘 통화할 때는 추궁할
수 없었기 때문이다 꿈에는 벽이 없고 벽 같은 것도 없
어서 너를 밀어붙일 수도 비난할 수도 없다 게다가

간밤엔 꿈에서도 너는 발자국의 주인이 아니고 손
님이라며 벽을 세웠다 벽을 만난 나는 벽을 발로 차며
죽여버릴 거야 너를 밀어붙이고 꿈을 깬다 와장창 무
너진 파편들이 방안에 마른빨래들로 널려있다 꿈의 잔
해들을 입고 벽에 기대어 책을 읽고 TV를 본다 꿈도
현실도 아닌 세계 아이들이 벨을 누르고 현관문이 열
리는 세계에는 맞바람이 통하지 않는다

일상의 뮤즈

설거지할 때 생활을 사랑하는 사람을 생각한다 체게
바라 그는 혁명가가 되었다 행복하게 살기 위해 궁리하
다 선을 넘었다 혁명은 설거지부터 시작되었을 것이다
아무 생각 없던 그릇들이 반짝반짝 빛이 나기 시작하
는 것이다 씽크대 찌든 물때를 닦으며 만나는 경지 이
제 나를 닦을 시간이다 무엇으로 닦나 책이 수세미나
세제겠지 빛나는 내가 누군가의 그릇이 되겠지 그릇이
복리 이자 붙듯이 눈덩이처럼 불어나면 세상을 움직이
는 것은 사람이 아니라 그릇이 될 것이다 다양한 용도
의 그릇들이 주인이 되어 세상을 지배할 것이다

칩거

너는 뱀의 허물을 밟고 소스라친다

그건 최선을 다한 울음이 바닥난 울음의 껍질이다

정리

손잡이가 떨어져 나간 물컵을 버린다
부엉이 인형은 바닥에 누워 책을 읽는다
내내 거실에 펼쳐놓았던 요와 이불을 장롱으로 옮긴다
일 년 전 내버린 플라스틱 용기 한 자루는
아쉬운 마음이 들긴커녕 무엇이었는지 기억조차 없다
아무리 전화해도 받지 않는 사람이 있다

살았는데
멀쩡한데
나는 손잡이가 없고
밝은데
멀쩡한데
나는 접혀있다

밤새도록 안경을 낀 부엉이를 들여놓은 하늘엔 뚝
끊긴 전화벨 소리만이 가득 울려 퍼진다

분산

잠산에 묘를 쓴 사람처럼 풀어진 건물이 잠들어 있다

건물 외벽에 금이 가는 소리가 들렸다
작은 방 모서리도 갈라지고 틈이 생겼다

시집을 읽는다 한 편의 시는 사 쪽 분량이다 이쪽 중
간을 읽어 내려가는데 사수생 아들이 방문을 열고 군
고구마 껍질에 흘러내린 검은 진에 대해 뭐냐 먹어도
되냐 물었다 껍질을 벗기고 먹으라고 하니까 왜 성을
내냐며 방문을 닫았다

이쪽 중간을 다시 찾아 읽는다 다시 이쪽 첫 행부터
읽기 시작한다 방문을 열고 들어오지 않고도 이미 내
안에 들어와 있는 어젯밤 만난 사람이 한 명씩 방문을
열고 군고구마 진에 대해 먹어도 되냐 너는 왜 먹었냐
왜 진이 묻어 있는 거냐 군고구마가 왜 이래 물고 뜯고
싸운다 접견실의 죄인처럼 고개를 숙이고 앉아서 모두
다 받아주고 커피를 사주고 냉면을 사 먹이며 돌려보

내고 돌아와 다시 이쪽 첫 행을 찾아 읽는다

　불청객은 아직 더 남아 있는 거니
　내벽의 금들이 그물을 펼쳐 나를 덮치는 밤
　순식간에 분리되어 날아가는 새들의 행방을 쫓아가
는 잠

돌 2

동상은 돌로 되어 있다

돌은 기다리는 것들이 굳어진 것이다

그래서 바위를 깎아 기다림을 보태는 것이다

남편을 기다리던 여자가

곧장 달려가야 하는데 돌아본 여자가

돌이 되었다

또 돌은 잊히지 않는 것이다

그래서 사람들은 잊지 않기 위해 돌에 새긴다

금강경이나 죽은 사람이나 건물을 지은 사람이나

관광지에서 만나는 연인의 이름이 그렇다

돌의 반대는 뭘까

마음일 것 같다

마음도 움직이는 마음일 것 같다

더 이상 움직이지 않게 붙들어 둔 마음을 돌에 새겼
으니

모든 움직이는 마음이

돌에 닿으면 돌처럼 정지하는 것이다

관음사 석불을 본 사람들이 모두 그 앞으로 가서 일

순 멈춰 서는 것을 보면 알 수 있다

돌은 마음뿐 아니라 몸까지 멈춰서게 하여

일순 돌이 되는 순간을 연출시킨다

그것보다 돌은 움직이는 마음을 기다리는 것이다

기다리고 기다려서 스스로 움직이고 싶은 것이다

종이보다 가벼워져 미풍에 날아가고 싶은 것이다

만어사 계곡의 돌무더기들을 보라

날아오르던 물고기들이 우박처럼 떨어져 쌓여있는 것
은 사람들이 몰려들어 기다림을 방해하였기 때문이다

비바람이 몰아치는 날

사람들이 돌아간 저녁 계곡에는 천지의 돌들이 모두
물고기가 되어 하늘로 날아가고

흐르는 물소리만 가득하다

자축

속이 썩는다는 말
속이 터진다는 말

나는 썩을 것이다 한 자리에서

나무에서 떨어진 사과는 먼저 속이 터졌다 데구르르
굴러 자리를 잡았다 썩으려고 작정한 푸른 과일이 대
책 없이 흐르는 눈물 같은 과즙을 흘리는 자리에서 태
어난다

생일 축하해요

4부

반지하

새벽 세 시에 창밖을 보는 것은
낮잠을 자다가 꾼 꿈이 생각나서이고
차분하게 깔린 어둠 속에 덧니를 드러내고 빛나는
노래를 부르는 엄연한 존재로 가로등이 서 있기 때문
이고

새벽 세 시에 창을 열고 밖을 보는 것은
여름 새벽의 빗소리가 내 안으로 성큼 다가와
젖은 보도블록 바닥이 일어서고 있기 때문이다

내 마음은 모두
새벽 세 시 창밖에 있고
그대가 내 마음을 닦아 놓았던
짧은 순간이 사라졌기 때문이다

누구나가 되었다

내가 오랫동안 갇혀있던 벽에서 나왔을 때
사람들은 성숙해졌다고 했다
벽의 구조를 파악했을 뿐인데
예의 속옷을 갈아입었을 뿐인데
어느 누구도 벽을 뛰어넘지 못하고
나는 나와 멀어지면 멀어질수록 성숙해지고
성숙하면 성숙할수록 나와 비슷한 사람과
가까워지는 것처럼 멀어졌다

조직

방송 장비가 장착된 컨테이너 차량 밑에 끼여 나오려고 한참을 낑낑거렸다 안타까워하던 아들과 또래 친구가 차량을 기울여 주어 간신히 나올 수 있었다 옆에서 구경하던 조직원이 방송 장비가 고장 났을 거라고 컨테이너를 걱정했다 조직은 사람을 깔고 섰다가 간신히 살아 돌아온 사람을 반갑게 맞이하지 않는다

시끄러운 별들을

전 어린 손님만 받아요 감나무 가지처럼 자연스럽게 갈 곳이 얼마든지 있는 상상할 수 없이 자라는 키만큼 가야 할 곳도 많기 때문이죠 저의 직업은 택시 드라이 버입니다 아시다시피 손님을 목적지까지 데려다주는 일 이죠 나의 손님은 매일 일정한 시간에 차 문을 열고 들 어옵니다 항상 정해진 시간에 산책하는 칸트처럼요 목 적지를 굳이 말하지 않아도 우린 서로 어디로 가야할지 알고 있어요 매번 초행길이지만 때때로 손님은 지겨워 발광을 합니다 기사님 언제까지 운전을 하실 건가요 오 분이나 지났답니다 그럴 때면 의사가 버둥거리는 환자 에게 주사를 놓을 때처럼 간호사를 불러 손발을 묶으 라 명령하고 싶습니다 주행 중에 장난은 치명적이거든 요 제가 너무 진도에만 신경을 쓰는 건가요 휙휙 과속 으로 추월하는 자동차를 꿈꾸는 내 어린 친구들 때문 에 생긴 오기랍니다 지금 내가 그들을 태우고 있는 시 간이 우리가 도착해야 할 목적지일 수도 있으니까요

별들이 차창으로 다가와 와글거리는 시간은 그들이

모두 내려버린 뒤부터입니다

　　그런데 말이죠

　　나는 오늘 이 시끄러운 별들을 무사히 바래다주었을

까요

팬티

설에 시누이의 책꽂이에서 책 한 권을 뽑아 읽다가
다 읽지 못해 돌아올 때 챙겨왔다
가방을 정리하는데 여벌로 가져간 팬티가 간곳없다
팬티 갈아입을 시간에 책을 읽었을 뿐인데
닥나무처럼 절구통에 찧어
쪼개진 삼각팬티 종이 위의 활자가 되어
머릿속으로 쏟아져 들어가지 않고서야
공중 부양을 다 하지 못한 활자가
아직 지면에 남아 있는 하얀 책을 마저 입는다
활자 무늬가 그려진 영혼의 흰색 속옷
땀과 분비물의 가시 수풀을 닦고 삭여 갈아엎으며
견고한 길의 현관문 열어주는
나의 아름답고 비밀스러운

사십삼 세

마을 밖으로 나간다
만나는 사람마다 늙어 있었다
집으로 돌아와 거울 속에서 주름지고 있는 눈을 닦
는다
한때 맑고 푸른 거울을 가졌던 동네을 빠져나온다
청둥오리 한 마리 겨울 아침을 자맥질하고 있다
이제 나는 어느 곳으로 가야 하는가

이 소리 겨울 강에서 듣는 이 소리
흰색 미사복을 입고 미사를 드리는 사제들의 목소리
저만치 가라앉은 눈빛들
절벽으로 인해 고개를 떨군 채 한참을 걷고 있던 사
람이 만난 강물은 길이다
절벽을 휘감고 흐르는 순간 절경으로 들어가는 강물
비디고 있는 그곳에 노을이 걸리고 새가 날 때 사람
들이 절정이라고 말하는 것은 가혹했다
자신의 절망으로 아름다워지자 또 한시름이 걸리고
날아다니는 강변을 지나왔다

쓸쓸해질 때까지 하얗게 마음을 씻는
갈대들의 목욕물 소리를 듣는다

연필

오늘 새벽 연필을 깎을 때 피가 흘렀다
나의 피가 내 손끝에서 흘러내려 연필로 스몄다
붕대로 싸매는 사지가
멀쩡한 나는 또 하나의 가지를 붙들고 떨었다
간단한 접목의식이 끝나자
연필은 종이에 나를 불러내어 춤을 추게 하였다
무용총의 주인은 무용을 좋아한 사람
무용을 보며 안취安取하여 오늘과 내일을 견딜 수 있
었다

비둘기

삼 년간 부은 보험을 해약했다 원금은 천만 원이 족
히 더 되었으나 삼백만 원 남짓 받았다 차액은 그간 내
가 죽었다면 일억 원을 탔을 거란 보장인 거라 그는 비
천한 사랑을 더럽게 주저리며 칠백만 원을 한입에 처넣
었다 은행에 저축하지 않고 구름에 돈을 부었다 동네
를 어슬렁거리며 돌아다니는 길고양이 목숨을 걸었다
면 비둘기의 속살을 느낄 수 있었으리라 전선 줄에서
하늘로 날아올라 산 너머로 떠났으리라 햇빛이 동백잎
의 생살을 하얀 이로 찢어먹는 오후 지독한 풋내에 흠
뻑 젖은 모시 적삼이 찰싹 달라붙은 속살을 보며 고양
이들이 지나간다 고개를 갸웃거리며 죽었으면 좋았을
까 정말

반환점

아이가 콩 줄기 과학 실험 상자를 가져왔다
콩은 상자 안에서 싹을 내밀었다
식탁에 방치된 며칠을 보상해 주듯
나는 상자에서 꺼내 환한 창가로 옮겨주었다
콩 줄기는 오후의 음악 분수대에서 놀고 있는
아이들처럼 악을 쓰며 자라났다
주변의 나무들을 휘돌고
베란다 창문 끝까지 기어오르다가
잡을 데가 없어지자
줄기를 바닥에 뚝 떨어뜨린다
그러다 며칠을 돌아보다
자신의 줄기를 되돌아 감고 오르는 것이다
사람들이 간다 가고 또 간다
끝까지 가서는 어김없이 돌아올 것이다

안개

흰 개가 안개를 핥아먹는다
끝없이 자욱한 도로에서
바닥이 없는 그릇을 핥는다
양이 줄지 않는 크림수프를 핥는다
흰 개만큼 짙어진 안갯속 서행하는 차
흰 개가 핥아먹은 그릇을 깔아뭉갠다

키싱구라미가 있는 어항

나는 이 집에서 단 한 번도 꼬리를 흔들어 본 적이
없군요 바랜 하늘색 강물이 흐르는 식탁에는 어항이
있고 완벽하지 못한 어항이 완벽해 보이는 어항에 물
고기가 살고요 어항의 시녀답게 최선을 다해 지느러미
를 흔들며 정신을 바짝 차리고 들어가기 위해 유리에
손을 대면 물고기가 매번 입을 벌릴 뿐 나는 유리 밖에
서 배고픈 애완 물고기를 보다가 지치면 방으로 들어
가 잠을 청하고 석삼년이 세 번쯤 흘러 깨어났어요 아
직도 식탁 위에 올라오지 못했어요 물고기는 나를 조
롱하고 나는 어항 밖에서 스스로 지은 밥을 먹고 또
아이에게 먹이는 것이 일이랍니다 나는 물고기가 되기
위해 다른 남자와 자지 않을 것이기 때문에 영혼을 먹
이는 식탁에 영원히 오를 수 없을지도 모르겠어요 키
싱구라미가 살고 있는 어항은 철없는 아이가 졸라 사
다 놓은 깃입니다 ㄱ 아이는 나의 엄마입니다 물 위로
힘껏 솟구쳐 올랐다 한없이 깊은 곳으로 헤엄쳐 들어
가는 어항 밖에서

오늘의 주연배우

사라짐으로 완성된다

연두색 의자에 찻상이 온몸 편히 앉아 있다 함께 비를 맞으며 내가 버린 의자가 짝을 맞췄다 폐기물 스티커를 부착하지 않으면 삼백만 원의 과태료가 부과된다는 경고장을 붙이고 버려진 것은 버려진 것들끼리 만나고 헤어진다 어제는 의자 위에 플라스틱 휴지통이 있었다 고개를 쳐들고 두 팔을 벌려 비를 한껏 들이마시는 영화배우 같다 장대비에 온몸이 흠뻑 젖은 둘은 깔깔거리고 웃으며 거리의 주인공이 되어 뛰어간다 촬영장 세트에서 사라질 때까지 재활용품 수거차가 그들을 실을 때 크레딧 자막이 올라가며 영화는 끝이 난다

누군가의 소유물에서 벗어나 스스로의 주인이 되어야 사랑의 주인공이 된다

"솔직히 그건 내 알 바 아니오"

주인공을 바꿔가며 연속으로 상영되는 영화관

지지직 선이 빗물처럼 그어지는 낡은 화면에서 오늘의 주연배우 의자가 읊조린다

"내일은 다른 삶을 살고 싶어요"

닳은 날의 솔기가 폭소를 터뜨리며 사라질 것이다

침묵

침묵은
싫지 않다는 뜻
그래도 된다는 뜻
좋다는
계속해 보라는 뜻

침묵은
복수
똑같이 돌려준다는 뜻
말할 수 없는 사랑
지극히 가득하여
느낄 수 없는 사랑의 극치

침묵은
그럼에도 불구하고
아직은 아니라는 것
아직은 많이 기다려야 한다는 것
감꽃, 이제 막 떨어진 자리에 얼굴을 내민 아기감

아무것도 할 수 없고
아무 데도 쓸 수 없는 것

침묵은
가을이 오기를 기다린다는 뜻
기다려야 한다는 뜻

하지만 기다릴 필요가 없어졌다

붉게 물든 홍시가 땅에 떨어져
어금니를 꽉 깨물고 말라비틀어졌다

지금은 간주 중

워워 혼자 걷는 밤 가수는 어두운 무대 위 일 절이 끝나고 이 절이 시작되기 전 워워 눈을 감고 머리를 저으며 가을과 겨울 사이를 걷는다 바람이 불고 나뭇잎이 나비 떼처럼 날아다니는 거리 탯줄에서 떨어진 나는 바람에 훨훨 날며 워워 어제와 내일 사이 집과 집 사이 너와 나 사이 너에게로 가는 길 노래와 노래 사이 아무도 모르는 가수는 노래를 위해 노래 아닌 노래를 한다 음악을 타듯 삶을 탄다 다 탈 때까지 불태운다 나뭇잎이 땅에 닿기 전 나무의 품을 떠난 이후부터 워워 우리는 산다 탄생과 죽음 사이의 허공 사뿐히 땅을 밟다가 다시 비와 바람의 리듬을 타고 다시 날아오를 때 가장 멋진 가수는 워워

5부

문병

촛불들이 걸어간다
땀을 흘리며 그을음을 태우며
어두운 복도 흔들리며 간다

지팡이를 짚은 촛불이 그렁그렁 눈물이 고인 눈으로
웃고 있다
빛은 멀리 가지 못한다

양손으로 감싸 안은 촛불이
손가락 사이로 새어 나가
내 머리꼭지를 뜨겁게 데우며 옮겨붙는다

나는 흘러내리며 희미하게 본다

창들이 모두 눈을 감은 병실
종이컵 바닥에 거의 다 녹아내린 촛불
촛농 속 심지가 연기를 내쉬며 타들어가고 있다

우물

한 개의 우물은 대단한 흡입력을 갖고 있다
목을 축이면 축일수록
우물에 빠져드는 그믐달처럼

맑고 어두운 우물로 살다가
우물이 되었다

한 우물에 자신을 던진 사람들

목숨을 건다는 것 그것은 영원히 한 우물을 판다는
것이다
그 우물에 점점 빠져들다가 완전히 젖은 몸이 되는
것이다
누구도 말릴 수 없는 말려줄 수 없는

두 개의 우물이 그들에게 있었더라면
적어도 한 우물에 빠지지 않았을 것이다

우물을 청소하던 어린 시절 동네 사람들을 떠올리면
깊어지는 마음을 동그랗게 모으며

항상 제자리에서 바깥으로 자신을 퍼내어 주는
약수 같은 우물이라도
혼자 맑을 수는 없다

우물에 깊이 파고들던 관찰자는
검게 빛나는 눈동자로 세상을 올려다본다

급정거

새끼노루

어둠의 이파리가 까마귀 떼처럼 잔뜩 앉아 있었기 때문에 우뚝 서 있는 새끼노루 라이트를 켰다 껐다 켰다 껐다 어서 가 어서 가 길가에 돌멩이를 주워 밤의 연못에 풍덩 던지듯 깊은 맘속으로 길게 고함을 내지르자 천천히 밤꽃 피는 산 언덕으로 야윈 다리를 옮긴다 야생초가 돋아나고 있는 발굽 소리 또각또각

누렁이

아이는 TV와 카드놀이를 한다 학원 숙제를 하지 않은 아이를 학원에 데려다주며 야단을 쳤다 눈물을 흘리며 들어가는 아이는 영재학원 강사에게 또 야단을 맞을 것이다 집으로 달려오는 길에 아무것도 모르고 뛰어든 누렁이

비둘기

질주하는 생각들을 딱딱 끊어주는 것들 납작하게 눌러진 새 이미 사라진 점점 사라지는 날갯짓 흔적 완전

히 지워져서야 푸드덕 날아올라 먼 산을 넘어간다 내
가 넘고 달리던 고양이 야옹 달려드는

초록뱀

땅꾼이 아파트 보도블록에 앉자

뱀이 꼬리를 자르고 사라진다

초록 피를 흘리며

다시 생겨나

마름모를 따라 줄지어 선

불쑥불쑥 고개를 치켜들고 출몰하는 초록뱀

수풀 틈새를 헤치고 다니는

일을 끝낸 청소부가 허리를 펴자

잡초를 가득 실은 트럭을 타고

동네 밖으로 사라진다

희망

백일홍은 무릎 꿇는 자세로 피어난다

기도할 때처럼

옷장에서 옷을 찾을 때
가부좌가 안 되는 나는 한식집에서 밥을 먹을 때도
곧잘 무릎을 꿇는다

살고 싶은 대로 살기를 소망할 때 예의 자세가 된다

소파는 늘 무릎 꿇은 자세다
심지어 재활용 분리 수거장에 나와 있을 때조차
디자인과 색깔과 소재와 쿠션과 크기 중
뭐가 결정적인 이유였을까 항상 무릎 꿇고 있었는데

백일홍 꽃잎 바람에 떨어진다
바람에 날려 더 먼 데로 사라지거나
바닥으로 사라지거나

제각각 보이지 않는 햇빛을 맞이하는 마음의 형상

땅에 떨어진 한 잎이 무릎을 꿇고 올려다본다

백 살을 먹어도 늙지 않는 햇빛은
죽어도 사라지지 않는다

방생

침묵으로 미덕을 첩첩 빚어내던 산이
낮은 소리로 흐르느라 허리가 굽은 강물에 엎드린다
내 영혼 속에 갇혀 있던 은어와 노을과 저녁연기를
풀어놓는다
그녀에게 받은 다슬기 징거미 섬진강까지도
참 아름답구나
해 저문 강가에서
무엇인들 내 것이겠나
꼭 쥐고 용서 못 할 것까지 허물며
신천옹
뒤 베란다에 들어온 날
흠칫 놀라 문을 닫아걸었지만
함께 살고 있을 줄이야
애초에 좋지 못한 관계는 환경에서 비롯되었으니
창문을 연다
너는 살기 좋은 곳으로 나가 살아라
천 개의 생명을 풀어놓는
가을 은행나무의 장엄

가을, 가을

새
갓 지어 내놓은 밥
하얀 김이 오른다
공원길 나무들이 온통 울긋불긋
심장과 심장을 포개어
참새처럼 날아올라 활짝 그물을 펼친다
뒤꿈치 들고 손을 죽 뻗어 뛰어오르는 나무를 끌어
올려 하늘 정원으로 여행을 떠난다

재
은행잎 이불을 노랗게 덮고
여행에서 돌아온 나무는 허공을 더듬기를 멈추었다
뼈만 남은 가지에
참새들의 부리가 물고 있는 기억 한 줌
피를 말리며
오후 내내 바람이 잔다

수태고지

새가 어디 먼 곳으로 데려갈 때이다

요즘은 뭘 자주 잃어버리고
자주 다친다 다친 데 또 다치고
나이면서 내가 아닌

새 때문인 것 같다

누구에게 분양받거나 구매하는 것은 아니다
밖에서 날아들어 온 것이 아니다

심장처럼

내 안에 깃들어 있는 새는
스스로 살 요량으로
기르거나
어디에 비는 것은
아니다

하늘을 날다가 가장 더러운 바닥에 내려앉는 새는
뭇사람들에게 조롱받아도 날갯짓을 잊지 않는다

새는 믿고 믿지 않고의 차원은 아니다

새와 나의 관계를 굳이 따져 묻는다면
소득 없이 팔뚝에 얻은 흉터 자국과 같을 것이다

세제의 발달

요즘 사람들이 쿨하다는 것은 세제의 발달 때문이다
오랜만에 싱크대를 닦는다 의식적으로
물행주로는 기름때 얼룩이 쉽게 지워지지 않는다
옛날 사람들이 기억을 품고 살 수밖에 없었던 이유
는 바로 이것이다
눈물과 한숨을 손수건으로 닦아내며
지워지지 않는
지울 수 없는 얼룩을 품고 산 것은
아마 세제가 발달하지 않아서였겠지
물행주를 집어던지고 슈퍼에서 산 기름때 전용 티슈
를 빼 들면
박박 문지르지 않아도 의식은 쉽게 닦인다
수업 시간에 중학생들은 청승과 한의 정서를 쉽게
이해할 수만 있는 것이다
닦을수록 물행주에 끈적끈석 달라붙던
마치 최승자 시인에게 끈질기게 매달리던 더럽고 힘
겨운 사랑이
행주까지 망치던 때들이

깨끗하게 지워진다

조선 시대의 찌든 때도 티슈를 계속 새것으로 바꿔 닦으면

반짝반짝 말짱해지는 것이다

바야흐로 사람들이 때와 쉽게 분리되는 시절이다

기억과 추억과 상처와

멀쩡하게 행복을 빌어주기까지 하면서

복수도 책임도 끼어들 자리 없이

티슈만 버리면 되니까

끝까지 뽑혀 나오는 티슈가 있으니까

하지만 혈흔검사를 통해 흔적을 찾을 수 있듯이

상처는 추억은 기억은

잘 닦인 의식의 밑바닥에서 고스란히 발각된다

깨끗하게 닦인 표면일지라도

그래서 눈물과 한숨은

슈퍼에선 지울 수 없다

시인의 오래된 미래는

세제의 발달은 의학의 발달과도 같다

비염 하나를 제대로 치료한다는 것은

정년을 앞둔 전문의가 상처와 추억과 기억을 잘 다스
리는 것과 같다

문제아가 될 것이다

그럴 수 있을 것이다
인간은 문제이다
문제가 많다
문제 은행이다
너는 왜 가만히 있지 않고 문제를 일으키고 다니니
가만히 누워 있는 문제를 일으켜 세우는 문제 많은
문제아
저 혼자 일어나지 못하는 환자처럼
앓고 있는 문제를 일으킨다
문제아는 문제의 간병인
환자가 뚱뚱할수록 그는 힘겹다
문제도 적당해야지
너무 덩치가 크면 문제아는 땀을 뻘뻘 흘리다가 도망
간다 도망가버린다
가만히 문제에 붙어있지 못하고
날씬한 환자를 찾아 가버린다
가장 큰 문제는
정답이 문제이기 때문이다

정답을 벗어나
문제가 됐을 때
문제시됐을 때
그때부터 진짜 정답에 가까워진다
그러므로
나는 백 년 동안 출제된 문제를 모아놓은 두꺼운 문
제집이 될 것이다
한 문제를 더 추가하여
새롭게 선보이는 개정판 문제집이 될 것이다
정답만으로 이루어진 문제집이 될 것이다.
너를 사랑하는 문제를 출제할 것이다
사람을 사랑하는
모든 문제는 정답이기 때문이다
정답으로 이루어진 문제투성이가 될 것이다
그럴 수 있는 것이나

주방 사회 혹은 공동체적 파국

나는 그릇을 자주 깬다 그릇을 닦다가 깰 때도 있고
선반 위에 그릇을 중복으로 쌓다가 깨뜨리기도 한다
나는 나를 자주 깬다 주로 설거지를 할 때 정신이 확
깬 나는 나를 정면으로 바라본다 반쪽으로 도막 나 있
다 작은 조각들로 부서져 있다 얼룩져 있다 깨진 유리
그릇에 비친 내 얼굴이 부서진 만큼 분열되어 있다 세
상이 피를 흘린다 나에게 밟힌 내가 피를 흘린다 나를
쓸어 담아 깨끗하게 버리고 쪼그려 앉은 바닥이다 신
문 사회면 칼럼을 읽는다 가해자도 피해자도 모두 피
해자 깨진 그릇은 그릇 혼자만의 문제가 아니라 개수
통과 선반 고무장갑과 퐁퐁 나아가 싱크대 전반의 구
조적인 문제 한 개의 그릇이 깨진 앞으로도 깨어지고
깨뜨릴 주방 사회를 골똘히 반성한 후에 그럼에도 불
구하고 나는 고개를 숙이고 나를 끊임없이 얼마나 깨
뜨려야 하는가

강에서 만나자

약속하지 않는다
강에서 만나는 사람들은
강이 그저 푸르므로 모여든 것이야
강은 모든 생명을 받아 주거든
개도 뱀도 달맞이꽃도 개망초도
나는 초록뱀과 함께 살 수 없지만
옆집에는 살 수 있어
음식을 나눠 먹고 좋은 물건도 나눔 할 수 있어
내 책은 초록뱀도 읽길 바란다
강은 초록뱀도 살리기 때문이야
강에 가면 모두 만날 수 있다
실직자도 노동자도 살인자도 하느님도
강에서 만나자
하지만 강이 받아준다 하여도 강에서 내내 지낼 수
는 없어
시간을 내어서 가야 하는 강에는 자주 가지 못한다
일을 끝내고
봄여름가을겨울 양팔 벌려 기다리는 강으로 나가 봐

'거울' 밖으로 나가기

－정진남의 시 세계

김진수(문학평론가)

1.

　뱃속에서 자라는 아이의 건강을 빌며 산달을 채우
는 동안
　어떤 아이를 만나더라도 사랑하지 않을 수 없게 되
었을 때
　만날 수 있었듯이

　어떤 물결을 만나더라노 넘실거리지 않을 수 없게
되었을 때
　항구에 마지막 닻을 내릴 수 없더라도
　　—《한 몸이 될 필요까지는 없어요》, 〈출항〉 전문

출항은, 짐작도 할 수 없는 거친 바다를 항해할 준비가 갖춰졌을 때나 가능한 일이다. 물론 우리는 이 바다가 삶의 은유라는 것을 알고 있다. 그렇다면 시인이 자신만만하게 선언하고 있는 이 출항에 어떤 준비가 필요했던 것일까? 비록 "항구에 마지막 닻을 내릴 수 없더라도" 이 출항을 가능케 한 근원적인 힘이라거나 믿음은 무엇인가? 시는 그것이 무엇보다도 '사랑'임을 단언하고 있는 듯하다. 시인은 "어떤 아이를 만나더라도 사랑하지 않을 수 없게" 되었다고 고백하고 있는데, 바로 그 사랑이야말로 "어떤 물결을 만나더라도 넘실거리지 않을 수 없"는, 세상과 삶의 파고를 넘을 수 있는 근원적인 힘이라고 믿는다. "항구에 마지막 닻을 내릴 수 없더라도", 삶은 그 자체로 아름답고 빛날 수 있다. '마지막 닻'을 상정하지 않고, 물결과 만나 넘실거리는 항해 자체로 삶은 충분한 것이다. 어떤 아이라도 사랑할 수 있는 그 마음만으로 삶은 이미 완성되었다. 독자로서의 나는 그 믿음과 힘을 존중하긴 하지만, 정작 물어야 할 것은 이 사랑의 구체적 형식과 내용이어야 한다. 출항에 앞서 갖춰져야 할 이 사랑이라는 동력이 과연 그러한 능력을 수행할 수 있는가, 그리고 그러한 수행은 어떻게 가능한가 하는 문제일 것이다. 사실상 내게는 시인의 이번 시집이 이러한 근원적인 질문에 대한 지난한 탐색의 과정으로 읽힌다. 그렇다면 '사랑이란

무엇인가'라는 문제가 시집의 핵심적인 화두가 되리라
는 사실은 의심의 여지가 없다. 탐색의 과정은 이미 오
래전에 시작된 것으로 보인다. 시인의 첫 시집 《성규의
집》(푸른사상, 2017)은 일상의 삶으로부터 길어 올린 생
명의 기적과 신비에 대한 찬가이자 사랑이 빚어내는 숭
고와 아름다움에 대한 헌사였다. 그 시집에 실려있는
한 시는 다음과 같이 노래한 바 있다.

남편이 자동차에 두고 온 지갑을 가지러 나갔다.
티격태격 화가 나 있던 나는 현관문을 안에서 닫아
걸었다.
"엄마는 사람을 좋아하는 법을 배워야 해, 사랑하
는 법을."
성규에게 정곡을 찔렸기 때문에 되려 흐뭇해지려고
했다. 내 표정을 살피더니 다시 말했다.
"엄마, 저 문은 바람이 불면 열릴까."
'성규가 힘들어 하는구나.'
나는 고개를 끄덕거리고 성규를 외면해 주었다.
"엄마, 바람이 불었나 봐."
남편이 들어왔다.
비밀번호를 알 수 없는 닫힌 마음을 아이는 열 수
있다.

　　　　　　　　　　　　—《성규의 집》, 〈성규의 힘〉 전문

시인에게 있어서 생명의 잉태는 "비밀번호를 알 수 없는 닫힌 마음을" 여는 힘이 되었다. 이 힘을 우리는 사랑이라는 어사 외에는 달리 표현할 수 없다. 그리고 생명이 아름다운 이유는 바로 이 사랑의 힘 때문이라고 덧붙여 말해야겠다. 생명의 가장 직접적인 알레고리는 '숨Psyche'이다. 그리스-라틴어 어원에서 이 '숨'은 동시에 영혼을 의미하는 것이기도 했다. 그리고 이 영혼은 흔히 '나비'로 비유된다. 그것은 나비가 애벌레로부터 환골탈태하여 날개를 달고 아름다운 비상을 성취하기 때문일 것이다. 그렇기에 숨으로서의 생명은 영혼의 활동, 더 정확히 말하자면 아름다움을 향한 사랑 그 자체라고 할 수 있다. 생명의 진정한 힘은 바로 이 사랑 속에 있다. 그것이 숨으로서의 생명이자 영혼을 아름다움으로 인도하기 때문이다. 그렇기에 이 시에서 '사랑하는 법'을 배우라는 생명의 목소리와 '닫힌 마음'을 열 수 있는 '성규의 힘'은 바로 이 사랑의 다른 이름이라고 해야 한다. 생명은 이 사랑과 더불어 자유와 아름다움을 성취한다. 《성규의 집》에서 '성규'가 '나의 하느님'(〈출산 3일째〉)이 된 이유다.

2.

《한 몸이 될 필요까지는 없어요》(간드레, 2025)는 첫 시집이 출간된 지 8년 만에 새로 선보이는 정진남의

두 번째 시집이다. '부모님과 큰오빠의 영전'에 바쳐진 이번 시집은, 그러니 일종의 조사弔詞로 읽힌다. 《성규의 집》이 생명의 잉태와 탄생을 모티프로 한 축가 혹은 찬가였다면, 이번 시집은 소멸과 죽음을 화두로 삼고 있는 일종의 비가라고 할 수 있겠다. 물론, 단순히 그렇게만 말할 수는 없다. 생명의 탄생이 축복받을 일임에는 분명하지만, 죽음이 반드시 비가로 해석될 필요는 없기 때문이다. 어쨌든 시인의 시선은 이 시집에서 소멸과 죽음을 응시하고 있다. 저물어가는 풍경의 고요와 적막을 묵상한다. 어쩌면 헌사를 설명하고 있는 듯한 '시인의 말'은 다음과 같이 마무리되어 있다. "나는 죽을 것 같았지만 죽지는 않았다. 시는 살아 움직이는 생물이라 사람을 죽도록 내버려두지는 않았다. 다시 살게 하였다." 독자로서의 나는 이 '시인의 말'에서 핵심어를 '시'로 읽었다. 백석 같은 '시인'이 될 기질을 갖고 있던 큰오빠의 영전에 바쳐진 이 시집의 화두가 죽음이긴 하지만, 시인에게 있어서 그 죽음으로부터 새로운 삶의 에너지를 길어 올릴 수 있게 한 동력은 바로 '시'이기 때문이다. 그렇다면 이 '시'의 힘은 또한 생명의 힘이라고 말하지 않을 수 없다. 시가, 죽을 것 같았던 시인을 다시 살게 한다. 그것은 생명이자 그 생명의 원동력이다. 시인을 살아있고, 또 살아가게 하는 근원적인 힘이다. 우리는 이 힘을 이미 시인의 첫 시집에서 확인한 바 있고, 또 이 힘이 곧 시인의 자유와 아름다움에 대한 사랑임을 알고 있다. 그렇기에 첫 시집에 등장한 '나의 하느님'인 '성규의 힘'은 이 시집에서 '시의 힘'으로 변주되고 있다고 말할 수도 있을 것이다. 그리고 앞당겨 말하자면, 생명과 사랑과 시의 힘의 직접적이자 구체적인 표현은 이 시집에서 '공감'이라는 어사로 출현한다. 그것은 따로 몸을 필요로 하지 않는, 순수하게 인간적인 사랑의 다른 표현으로 읽힌다. 시집을 여는 첫 자리를 차지하고 있는 시 〈나무 한 그루의 그림자〉는 이 시집의 위상과 좌표를 말해주는 것 같다. 거기에서 시인은 "공감은 한 몸이 될 필요까지는 없다"고 직설적으로 말한다. 시집의 제목으로까지 변주되어 격상된 이 문장은 시집의 행로를 말해준다. 거기에서 "나무와 여우는 같은 그늘을 만들 때 한 몸이 되"지만, 그 역은 성립되지 않는 것 같다. 완전히 이질적인, 그래서 서로가 서로에게 타자가 될 나무와 여우는 "한 몸이 되지 않아도 같은 그늘을 만들 수 있다"고 시인은 노래하고 있기 때문이다. 그들이 서로 '공감'이라는, 영혼이라거나 마음 혹은 정념의 필터를 통해 서로 소통할 수 있다면 말이다. 공감Sympathy이라는 표현은 '정념(마음)pathos'을 '함께sym'하고 나눈다는 의미이고, 그 한자어 역시 '감정(느낌)感'을 '함께共'한다는 뜻이다. 다시 말해 그것은 같이 느끼고 함께 마음을 나누고 소통한다는 의미이다. 마음을 나누는 일에 굳이 몸이 개입할 필요는 없겠다. "공감은 한 몸이 될 필요까지는 없다". 이제 시집의 방향이 뚜렷해진다. 《한 몸이 될 필요까지는 없어요》에서 시, 공감, 사랑, 생명의 탄생과 죽음은 한 울타리 안에 묶인다. 그것들은 하나의 의미계열체를 이룬다. 그것들의 의미는 서로 넘나든다. 이 시집에서 굳이 공감으로부터 '몸'을 분리시키는 이유는 아마도 시집의 또 다른 화두가 되고 있는 '죽음'이라는 사태 때문일 듯하다. 죽음은 무엇보다도 몸이 상실된 상태이기 때문이다. 그럼에도 우리는 사자死者와도 공감할 수 있다.

시집에서 '몸'은 주체의 자기동일성Identität의 폐쇄성을 상징하는 것 같다. 〈터널 끝 거울〉이라는 시에 등장하는 '마트료시카'라는 러시아 인형의 비유가 의미하는 바를 나는 그렇게 읽었다. 벗어날 수 없는 폐쇄된 공간으로서의 자기동일성의 장소 말이다. '공감'은 주체가 자기동일성의 폐쇄성을 탈피하여 차이로 존재하는 타자와의 만남을 가능케 하는 지평을 만든다. 잘 알려져 있다시피, 주체는 J. 라캉의 '거울 단계mirror stage'를 거쳐 형성된 '오인의 구조'에 갇혀 있는 존재다. 주체는 거울을 통해 자신을 발견하긴 하지만, 그 거울 이미지가 곧바로 자신이 되는 것은 아니다. '너는 네 자신이 생각하는 너가 아니다'라는 뜻이다. '나'라고 상정되는 이 주체는 이상적 자아와 현실적 자아의 괴리 속에서 분열된 존재다. 주체는 자기동일성의 자리를 벗어날 수 없다.

　니나는 한 시간째 같은 페이지를 펴고 있다
　그의 눈은 활자에 가 있지 않은 것이다

　거울 속에 거울이 거울 속에 거울이 끝없이 열려 있어서
　끝없는 거울 속으로 들어가는 것이다

　마트료시카 인형,
　러시아를 다녀온 사람이 던진 권총을 거절할 줄 모르고 받았기 때문이다

　열고 열고 열고 열어도 계속 작아지는 몸을 열어야 하는 몸이
　생활을 전폐하고

　한 사람이 죽어야만 끝나는 게임이 진행되고 있다

　스스로 문을 닫아걸고 안으로 안으로 걸어 들어간다
　고3 내내

내 몸 안의 나 내 몸 안의 나 내 몸 안의 나
안의 내 몸 안의 내 몸 안의 내 몸은
한자리에 앉아 한 권의 책을 한 장도 넘기지 못하고
거울 밖에서 꼴찌가 되어도 자각하지 못한다
　　　　　　　　　　　—〈터널 끝 거울〉 전문

　시에 등장하는 '니나'의 증상을 우리는 이미 알고 있
다. '자폐'라고 부를 수 있는 증상이 그것이다. 문제는
'니'라고 부르는 수체의 자기동일성이 이와 똑같은 구
조를 갖고 있다는 사실이다. 주체의 구조는 "거울 속에
거울이 거울 속에 거울이 끝없이 열려 있어서 / 끝없
는 거울 속으로 들어가는 것이다". '니나'와 꼭 마찬가
지로 주체는 거울 밖으로 나오지 못하고 "스스로 문을
닫아걸고 안으로 안으로 걸어 들어간다". '나'는 "열고
열고 열고 열어도 계속 작아지는 몸"을 가진 '마트료시
카' 인형이다. 거울 밖을 알지 못하는 몸, 닫힌 공간이
다. '니나'가 바로 주체로서의 '나'다.
　시집에서 게스트하우스 주인이 건네준, "온몸에 꽂
은 바늘"(《우산》)로 만들어진 '우산'을 '왕관'으로 여기는
마음은 주인과 시인의 '공감'이 작용한 연유이다. 공감
을 말하기 위해서는 '타자' 혹은 '타인'의 출현은 필연적
이다. 주체가 자신과 공감한다는 것은 있을 수 없는 일
이기 때문이다. 그렇기에 '공감'이나 '소통' 혹은 '사랑'이

라는 어사는 곧장 타자를, 차이를 불러들인다. 여기에서 중요한 것은 이 타자와 맺는 주체의 관계이다. 자기동일성으로서의 주체가 차이로서의 타자와 어떻게 만나는가 하는 문제는 존재론과 인식론의 차원을 넘어 윤리학과 미학의 영역으로까지 우리를 인도한다. 〈봄, 봄〉은 우선 그런 타자의 출현을 고지하는 시이다. "매화가 피었다는 너의 삼월에 나는 없고 / 구월이 오면 나는 봄을 맞을 것이다"라는 선언은 타자와의 간격 혹은 차이를 말해주는 듯하다. 그러나 이 차이야말로 주체를 구원할 빛이 된다. 주체는 "검게 옻칠한 자개농이 밤하늘의 별 무리로 빛나는 컴컴한 방안"(〈물에 비친 달〉) 같은 것이다. 그 방은 "안에서는 도저히 열 수 없는 방문"을 가진 탓에 "밖에서 열"어 줄 수밖에 없는 폐쇄된 공간이다. 주체가 자기동일성 안에 갇혀 있을 때, "나는 아무것도 아닌 것이다"(〈도넛 만드는 사람〉).

3.

온 마음으로 스스로를 밝히고 있는 강변,
잃어버렸다 별안간 찾게 된 반지처럼 나를 찾을 수
있었던 곳도
닦은 반지를 손에 쥐고 반짝이며 내가
이 세상에서 찾아갈 수 있었던 단 한 곳도

애초에 이 세상 아무 곳에도 없었다

바로 지금 노트를 펼친 식탁 위뿐
—〈유일한 곳〉 부분

　주체의 자기동일성의 굴레는 영원히 벗어날 수 없는 '끝없는 거울 속' 같은 것이다. 그런 주체는 "마음속에 단 한 사람도 들여놓지 못"(《금동 미륵보살 반가 사유상》)한다. 그 구조 안에서 주체는 "한 사람이 죽어야만 끝나는 게임"을 한다. 자기동일성으로서의 주체에게는 '네가 있으면 나는 없고, 내가 있는 곳에 너는 없다'. 주체와 타자(특히, 대타자로서의 죽음)는 공존은커녕 공감조차 할 수 없다. 그렇다면 이 '죽음의 게임'을 끝내는 것은 어떻게 가능한가? 이제 '주체의 죽음'을 말해야 할 단계에 당도한 듯하다. 시인은 위 시에서 "나를 찾을 수 있었던 곳"은 "이 세상 아무 곳에도 없었고" 오로지 "바로 지금 노트를 펼친 식탁 위뿐"이라고 노래하고 있다. 그렇다면 식탁 위에 펼친 노트란 무엇인가? 식탁 위는 시인이 시를 쓰는 곳이고, 노트에는 그 시가 "잃어버렸다 별안간 찾게 된 반지"처럼 '반짝이며' 박혀 있다. 다시 말해 시인의 자아가 참된 자신을 발견하는 곳이 바로 시라는 뜻이겠다. 어떻게 그것이 가능한가? 시인에게 있어서 시야말로 바로 사랑의 다른 이름이기

115

때문이다. 시, 다시 말해 사랑을 통해 시인은 다시 태어난다. 참된 자신으로서 말이다. 사랑은 그렇게 자신을 새롭게 발견케 하고 또 다시 태어나게 한다. 그런데 그렇게 찾은 자신이 바로 '비인간'이라는 사실은 독자를 놀라게 한다. 다음 노래를 들어보자.

일단 혼자서 먼저 강변을 걷고 있어야 한다

강변을 산책할 때 나처럼 혼자 걷는 인간과 시선이
마주칠 때
개망초 물버들 보듯 한다
그들이 어떻게 생각할지 모르겠지만

새와 강물과 강아지풀과 개망초꽃의 목소리에 귀기
울이고 들을 수 있어야 한다
주변에 아무도 없고
새와 강물과 강아지풀과 개망초꽃만이 남을 때까지

오래도록 혼자 듣고 있어야 한다
이제 지쳐 그만 듣고 싶어져
강변을 떠나올 때
수달과 잉어와 물풀과 물버들이
출렁이며 뛰어오르고

고요하며 찰랑거린다

강물에 젖은 몸으로 강물을 돌아본다
강물이 길을 따라나선다

— 〈비인간 하기〉 전문

이 '비인간'은 "새와 강물과 강아지풀과 개망초꽃의 목소리에 귀 기울이고 들을 수 있"(〈비인간 하기〉)는 인간이다. 바로 자연 그 자체로 돌아간 인간일 테다. "강물에 젖은 몸으로 강물을 돌아"보면 "강물이 길을 따라나"서는 인간이다. 우리는 강물이 길을 따라오는 인간 / 비인간을 자연 그 자체 외에는 달리 생각할 수 없다. 〈비인간 하기〉는 오롯이 자연으로의 회귀를 꿈꾸는 시이다. "새와 강물과 강아지풀과 개망초꽃의 목소리에 귀 기울이고 들을 수 있어야 한다 / 주변에 아무도 없고 / 새와 강물과 강아지풀과 개망초꽃만이 남을 때까지"라는 표현이 그렇다. 마지막 행의 "강물에 젖은 몸으로 강물을 돌아본다"는 표현은 시인의 자아가 온전히 자연과 동화된 사태를 지시하는 것으로 읽힌다. 중요한 것은, 이러한 자연으로의 회귀는 시인의 자아가 온전히 자기 자신으로 돌아가는 일과 다르지 않다는 사실이다. 그것은 온갖 거추장스러운 허울과 더께를 벗어버리고 온전히 본래의 자신과 일체가 되는 일이다. 자신의 본모습, 참 자아와 대면하는 일이다. "나는 나와 멀어지면 멀어질수록 성숙해지고 / 성숙하면 성숙할수록 나와 비슷한 사람과 / 가까워지는 것처럼 멀어졌다"(《누구나가 되었다》).

초승달에 가장 가까이 서 있는 별은 하얀 끈으로 묶여
신이 아이에게 엄마를 보내주어 역할을 분담한 것처럼
받아 적지 않으면
신의 공분公憤을 살 것 같아
노을 쪽으로 걷는다

—〈돼지 꼬리 속의 달〉 부분

"받아 적지 않으면 / 신의 공분公憤을 살 것 같아 / 노을 쪽으로 걷는다"는 표현을 보자. 초승달이 떠 있고 또 그 가장 가까이에 별이 있는 저녁의 노을 속으로 들어가는 한 사람이 보이지 않는가? 자연이나 우주와 일체가 된 풍경이 출현한다. 시인은 그 풍경을 "받아 적"는다. 다시 말해 시를 쓰는 것이다. 그리고 '시를 쓴다는 것'은 곧 이 세계와 삶과 사람에 대한 사랑의 제유임을 우리는 알고 있다. 아마도 시인은 이러한 작업을 '시'라고 이해하는 듯하다. "강물에 젖은 몸으로 강물을 돌아본다 / 강물이 길을 따라나선다". '강물'과 일체가 된 상태에서 이제는 '강물'이 "길을 따라나선다". 시인의 자아가 가는 길이 곧 강물의 길이 된다. 자연으로의 회귀는 참된 자아를 발견하고 그것과 일체가 되는 과정이었다. 그렇기에 시인에게 있어서 시는, 사랑은 곧 참된 자아를 찾고 그것과 일체가 되는 일이라고 해야 한다. 시와 사랑은 이처럼 성숙과 자기완성이라는 구도의 과정이 되기도 한다. 아래의 시가 노래하고 있듯이, 이제 자아는 "검은 돌옷을 벗어던지고" 하늘을 자유롭게 나는 새와 물고기로 출현한다. 새는 날개 달린 물고기이고, 물고기는 날개 없는 새이다.

　　큰고니들이 검은 돌옷을 벗어던지고 일제히 날아오
른다

　　누가 돌무더기를 거름 소쿠리에 담아 하늘로 뿌려대
는 것이다
—〈돌 1〉 전문

　　만어사 계곡의 돌무더기들을 보라
　　날아오르던 물고기들이 우박처럼 떨어져 쌓여있는 것
은 사람들이 몰려들어 기다림을 방해하였기 때문이다
　　비바람이 몰아치는 날
　　사람들이 돌아간 저녁 계곡에는 천지의 돌들이 모
두 물고기가 되어 하늘로 날아가고

흐르는 물소리만 가득하다

―〈돌 2〉 부분

　그러할 때 자아는 이미 시간과 공간의 한계를 넘어서 있다. "시간은 두부처럼 한칼에 넘어가지 않고 다시 이어져 강물처럼 흐른다". "작고 큰 물고기들 높은 파도가 부서질 때 / 나는 바닷속에서 엄마가 되었"(〈의자에 앉다〉)다. 물론 이 같은 상황이 늘 벌어지는 것은 아니다. 그것은 특정한 조건을 요구하는 것 같다. 시인은 "공방에서 나오면 나는 영혼 없이 밥을 먹"는다고 말하는 데 반해, "공방에서 밥을 먹고 간식을 먹고 전화를 걸고 받는 것은 나의 영혼이다"고 노래했다. 그러니 이 '공방'이 '나의 영혼'을 만나기 위한 전제가 되는 셈이다. 평자로서의 나는 이 공방을 시와 사랑이 만들어지는 장소로 이해한다. 〈헤테로토피아〉야말로 바로 그런 시공을 말하는 것이리라. M. 푸코의 용어로서 그것은 이 시집에서 시와 사랑이 만들어지는 공방이다. 그곳은 또한 〈라퓨타〉이기도 하다. '라퓨타'는 J. 스위프트의 《걸리버 여행기》에 등장하는 가상의 나라, 날아다니는 '공중의 성'이다. 이 '라퓨타'가 '헤테로토피아'이자 시인의 공방이다. 그곳은 "온전히 사랑의 기둥만 세우는"(〈라퓨타 1〉) 장소이다.

천 개의 기둥으로 이루어진 성이 있다

기둥 천 개만 보이는 성이라고 해야 정확하다

공중의 성 라퓨타

하늘에서 하늘로 둥둥 떠다니며

꽃과 풀과 나무와 새들이 울울창창

우리는 할 수 있는 일만 할 수 있을 뿐

할 수 있는 일들이 만난

천 개의 기둥 위에 아름다운 성 라퓨타

내가 할 수 있는 일은 사랑하는 일

사랑의 기둥만 세우는 일

나를 사랑하는 일은 모두의 일

온전히 사랑의 기둥만 세우는 모두의 일

—〈라퓨타 1〉 전문

물론 이런 상황이 늘 가능한 것은 아니다. "그런 일은 다른 세상에서 일어나는 일 이것은 고담시에서 상상하는 일"(〈라퓨타 2〉)이라고 시인은 한계를 설정한다. "이것은 실제가 아니고 가상"이었던 것이다. 라퓨타나 고담시가 소설이나 영화에 등장하는 가상의 장소이듯이 말이다. 하지만 이 상상과 가상을 현실화할 수 있는 길이 있다. 시인은 노래했다. "내가 할 수 있는 일은

사랑하는 일 / 사랑의 기둥만 세우는 일"이라고 말이
다. 게다가 그 일은 '모두의 일'이기도 하다. 사랑 속에
서 상상과 가상은 현실이 된다. 사랑 속에서는 현실이
환상이고, 환상이 현실이다. 이러한 사태를 일찍이 표
명한 이들은 낭만주의자들이었다. 낭만주의는 사랑 속
에서 환상은 실제적인 힘으로 작용한다고 말한다. 시
인에게 있어서도 사랑이라는 '천 개의 기둥' 위에 세워
진 '아름다운 성 라퓨타'는 현실 위에 굳건히 존재하는
성이다. 그리고 이 사랑이야말로 삼라만상을 결합하는
우주적 힘이 된다. 그렇기에 나는 시인의 첫 시집《성
규의 집》에 실린 사랑의 힘을, 생명의 잉태와 출산과
양육을 단순히 '모성성'이라는 여성적 차원에서 해독하
는 것은 좁은 해석이라고 생각하는 편이다. 물론 그것
이 생명에 대한 지극한 사랑과 헌신의 뿌리임에는 분명
하지만, 이 '모성성'을 단지 본성적이거나 심리적 차원
으로만 해석한다면 그것은 여성-이데올로기나 가족-
이데올로기로 작동할 수 있기 때문이다. 글의 분석을
넘어서 있긴 하지만, 첫 시집에서 '성규의 힘', 곧 사랑
의 힘은 모성성의 차원으로만 축소되지 않는다는 사실
만은 지적하고 넘어가기로 하자. 그 사랑의 힘은 인간
의 사회적 공동체를 근원적으로 가능케 하는 사회-문
화적 차원으로, 더 나아가 정치-경제적 차원으로 해
석되어야 할 문제이다. 그러한 사실을 분명하게 보여주

는 것이 이 두 번째 시집이라고 나는 생각한다. 아래의 시가 보여주고 있듯이, 사랑의 힘에 의해 자유를 성취한 새는 "어떤 형식으로든 지상에 내릴 것"이기 때문이다. 그리고 그 사랑은 "새 떼가 온몸에 앉을 수 있도록" "얼굴을 치켜들고 양팔을 활짝 펼쳐 든" 나무의 마음이기도 하다.

4.

우리가 스칠 때
강물 가득 흰 구름은 눈덩이처럼 몸집이 부풀어 녹을 줄 모르고
대기 번호 진동 소리에 팔분음표처럼 뛰어가 설빙 그릇을 받고 두 손은 얼얼하다
마주 앉아 얼음 가루를 떠먹는 두 개의 숟가락 소리가 들리지 않는 여름 하늘의 펭귄들
새들은 그 어떤 형식으로든 지상에 내릴 것이다
눈이나 비 우박이나 서리 이슬이나 안개 그 밖의 변수들
새 떼가 온몸에 앉을 수 있도록 나무는
얼굴을 치켜들고 양팔을 활짝 펼쳐 든다
새에 흠뻑 젖기 위해 우산을 버려둔다

—〈설빙〉 전문

새와 나무는 그렇게 서로를 감싸 안고 있다. 다시 말해 서로를 공감하면서 한마음이 된다. 시집에서 공감은 사랑의 가장 구체적인 표현이 된다. 그렇기에 그것은 주체와 타자를 공존 가능케 한다. 서로 다른 차이를 지닌 두 몸이 한마음을 공유하는 것이 공감이다. 공감으로서의 사랑은 빛과 그림자를 함께 갖는다. "천년 만에 싹을 틔운 꽃씨"의 투명과 밝음은 "밝게 잘 지어진 어둠"(《출토》) 덕택이다. 어둠이 없으면 빛도 없고, 불투명이 없으면 투명도 가능하지 않다. 그렇기에 사랑의 밝음과 투명은 또한 이 어둠과 불투명에 대한 긍정이어야 한다. 밝음은 어둠을, 투명은 불투명을 깨지 않아야 한다. 시인은 이 각성의 자리에서 "절반씩 나눠 가진 불투명이 부서지지 않도록 서로 사랑할 수 있을까"(《출토》)라고 자문한다. 시인의 자아는 "투명과 불투명의 행진으로 돋아나는 꽃의 한살이를 보고 싶다"고도 노래한다. 이제 그 사랑은 "지난 천년으로 돌아가지 않을 것이다". 그 사랑은 지난 천년의 어둠을 이미 간직하고 있으므로. 위상학적 비유를 들어 말하자면, 이러한 이질적인 공간을 시인은 헤테로토피아라고 불렀을 것이다. 그것은 분명 현실 세계 안에 존재하는 장소이긴 하지만, 주변의 다른 공간들과는 전혀 다른 원리와 규칙으로 작동하는 실제 공간이다. 현실 속에 존재하는 이질적인 장소로서의 사랑이 그런 것이 아니라면 또 무엇이겠는가? 사랑 속에서 '라퓨타'가 가상의 섬이 아니라 현실의 성이 되듯이 말이다. 현실 속에 존재하는, 현실과는 다른 원리가 작동하는 공간이 사랑이 아니라면 또 무엇이겠는가? 프로이트의 용어를 빌려 말하자면, 사랑은 쾌락원칙이 작동되는 현실의 공간 아닌가? 그 공간에서 현실은 더 이상 현실원칙에 따라 작동되지 않는 이질적인 장소가 된다. 푸코가 헤테로토피아의 대표적인 예로 든 '거울'이 바로 그런 장소가 아니던가? 거울은 분명 현실의 나를 비추지만, 그 안의 나는 내가 만질 수 없는 '다른 공간'속에 존재하는 것이다. 거울 속에서 주체는 주체이면서 동시에 타자가 된다. 물론 "천년 만에 싹을 틔운 꽃씨"가 발견된 '경남 함양 산성 발굴지'(《출토》)도 그러한 공간일 것이다. 감옥이나 병원, 군대라는 장소가 그렇긴 하지만, 나는 그 가장 대표적인 장소를 사랑이라고 생각하는 편이다. 일상 현실의 정치-경제적 원리가 더 이상 작동되지 않고, 오로지 공감과 헌신의 원리가 작동되는 장소로서의 사랑 말이다. 그리고 덧붙여 말하자면, '문학의 공간'이 또한 그렇다. 현실의 모든 작동 원리가 멈추고 오로지 시의 원리, 즉 사랑만이 상상력의 작동 원리로 작용하는 공간 말이다. 다음과 같은 또 다른 절창의 노래를 들어보기로 한다.

워워 혼자 걷는 밤 가수는 어두운 무대 위 일 절이
끝나고 이 절이 시작되기 전 워워 눈을 감고 머리를 저
으며 가을과 겨울 사이를 걷는다 바람이 불고 나뭇잎
이 나비 떼처럼 날아다니는 거리 탯줄에서 떨어진 나
는 바람에 훨훨 날며 워워 어제와 내일 사이 집과 집
사이 너와 나 사이 너에게로 가는 길 노래와 노래 사
이 아무도 모르는 가수는 노래를 위해 노래 아닌 노래
를 한다 음악을 타듯 삶을 탄다, 다 탈 때까지 불태운
다 나뭇잎이 땅에 닿기 전 나무의 품을 떠난 이후부터
워워 우리는 산다 탄생과 죽음 사이의 허공 사뿐히 땅
을 밟다가 다시 비와 바람의 리듬을 타고 다시 날아오
를 때 가장 멋진 가수는 워워

—〈지금은 간주 중〉 전문

《한 몸이 될 필요까지는 없어요》라는 시집 전체를
지배하는 시인의 정조는 어찌할 수 없는 삶의 쓸쓸함
과 외로움에 대한 난감함의 감정인 듯하다. 시집이 지
금은 이 지상에 거주하고 있지 않은 '부모님과 큰오빠
의 영전'에 바쳐진 헌사들이라는 점을 고려한다면, 이
러한 감정은 그리 놀랄 만한 것도 아니다. 사랑하는 이
들이 떠난 이 지상의 삶이 그렇지 않다면 그것이야말
로 이상한 일이겠다. 삶은 생명의 탄생으로부터 죽음
이라는 사건까지의 사이에 존재한다. 시인의 표현대로

라면 "탄생과 죽음 사이의 허공"을 우리는 산다. 유한 자로서 우리 존재의 운명이다. 그 '사이'에서 모든 존재는 "음악을 타듯 삶을 탄다, 다 탈 때까지 불태운다". 이 '사이'를 무엇으로 어떻게 채우느냐 하는 문제가 존재의 관건이 된다. 생명은 사랑과 더불어 탄생한다. 주체와 타자, 너와 나의 관계 속에 사랑과 공감이 없다면 어떠한 생명의 탄생도 가능하지 않다. 모든 사랑의 진정한 힘은, 그것이 몸의 일이든 마음의 일이든, 새로운 생명의 탄생에 있다. 그렇기에 사랑은 불멸의 꿈이다. 우리는 마음과 마음의 '공감'이 낳은 이 생명을 시라고도 하고 또 아름다움이라고도 한다. 유한자로서 우리 존재는 사라지지만, 삼라만상을 결합시키는 힘으로서의 사랑은 죽지 않는다. 그리고, 살아 숨 쉬는 생명으로서 우리는 사랑과 시를 산다.

간드레 시 04

한 몸이 될 필요까지는 없어요

초판발행 2025년 12월 31일

지 은 이 정진남
펴 낸 이 이윤학
책임편집 성민주
기획위원 박형준 인수봉
디 자 인 헤이존
제   작 제이오
펴 낸 곳 간드레

출판등록 제144호(2019년 6월 3일)
주   소 안동시 도산면 영양계길 83-10
편 집 실 서울시 서초구 동산로 54, 403호
전   화 02)588-7245, 010)5369-7245
메   일 candleprint@naver.com

ISBN   979-11-971559-4-9   04810
            979-11-971559-0-1   (세트)

이 책은 2025 경남문예진흥원 출판지원금을 지원받아 제작되었습니다.